Le cochon en panne

Christian Oster

Le cochon en panne

Illustrations de Dorothée de Monfreid

Mouche
l'école des loisirs
11, rue de Sèvres, Paris 6e

Du même auteur à *l'école des loisirs*

Collection Mouche

L'abominable histoire de la poule
Le bain de la princesse Anne
La casquette du lapin
Le cauchemar du loup
Le chêne, la vache et le bûcheron
Le lapin magique
Les lèvres et la tortue
Pas de vraies vacances pour Georges
Le prince et la caissière
Le roi de n'importe où
Le tiroir de la princesse Faramineuse
Les trois vaillants petits déchets
Le voleur de châteaux

Loi n° 49.956 du 16 juillet 1949 sur les publications
destinées à la jeunesse : mars 2006
Dépôt légal : mars 2006
Imprimé en France par l'imprimerie Hérissey à Évreux - N° 101159

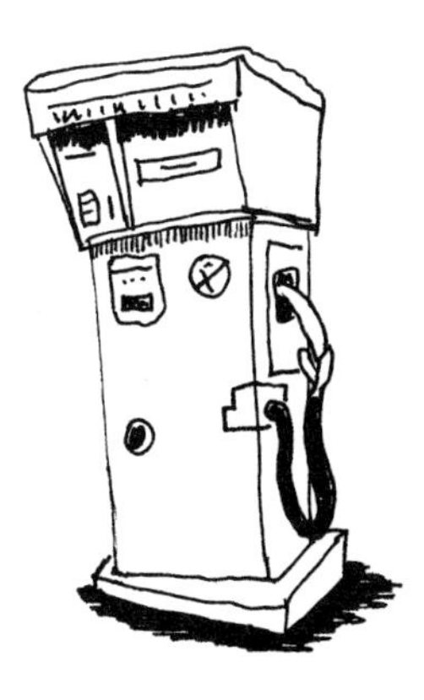

Il était une fois un jeune cochon qui adorait la vitesse. Il ne se déplaçait qu'au volant de sa petite voiture décapotable et, les oreilles au vent, parcourait des dizaines de kilomètres, le sabot pressé à fond sur l'accélérateur. Le soir, il rentrait à son auge grisé par les vrombissements et, durant la nuit, dormait profondément en rêvant de sa voiture, dont il laissait refroidir le moteur pour le lendemain matin.

Un jour qu'il revenait de son équipée routière, conduisant trop vite sur le chemin de son auge, au beau milieu de la campagne, et alors qu'il venait de quitter une bretelle d'autoroute, il voulut ralentir afin de ne point s'écraser contre un platane. Il pressa donc, pour changer de vitesse, la pédale d'embrayage, dont le ressort céda soudain sous son sabot : il freina, se rangea en catastrophe sur le bas-côté et considéra

un instant, à travers le pare-brise, la campagne absolument déserte, où le soir commençait de tomber.

Il n'y avait pas de réverbères sur cette petite route, mais notre cochon distingua, au loin, quelques vaches qui broutaient encore dans la pénombre. S'il adorait la vitesse, il n'y connaissait rien en mécanique, et il pensa immédiatement à consulter un garagiste. Or les vaches ne sont pas garagistes. Mais, pensa-t-il, les vaches peuvent connaître un garagiste. Peut-être pas toutes les vaches, bien sûr.

Bref, notre cochon sortit de sa voiture et se dirigea vers le pré où brou-

taient les vaches. Le pré était clôturé, mais on distinguait à peine la clôture dans le jour finissant. Le soleil avait commencé de s'enfoncer sous l'horizon.

– Bonjour, fit une des vaches qui s'était approchée de la clôture en apercevant le cochon. Ou plutôt bonsoir. Qu'est-ce que tu fais sur cette route de campagne à une heure pareille, si loin de ton auge ?

– Je suis en panne, répondit le cochon.

– Ah, fit la vache.

Elle ne semblait pas surprise. Elle devait avoir l'habitude des pannes, sur ce bord de route. C'est du moins ce que pensa le cochon.

– J'ai un souci d'embrayage, voulut-il expliquer.

– Je n'y connais rien en mécanique, s'excusa la vache.

– C'est bien naturel, répondit le cochon. Mais je me disais que, malgré tout, il n'était pas impossible que vous connaissiez un garagiste.

– En vérité, réfléchit la vache, je crois me souvenir qu'il y a un carrefour à trois kilomètres d'ici. Et peut-être un garage, en effet. C'est une hirondelle qui m'en a

parlé, un jour qu'elle était venue se reposer dans notre pré. Mais je ne suis pas sûre qu'elle sache vraiment reconnaître un garage. Enfin, c'est tout ce que je sais.

– Merci quand même pour le renseignement, fit le cochon. Bonne soirée à vous !

– Bonne chance ! lui souhaita la vache.

Et le cochon s'en fut. Il s'avança sur la route, seul, tandis que la nuit enveloppait la campagne. Ses sabots, frappant la chaussée, résonnaient dans le silence, et ce bruit l'accompagnait et le réconfortait. Sans ce bruit de ses sabots attaquant le sol, notre jeune cochon eût en effet cédé à la peur. C'est que, quand il n'était pas au volant, il redevenait un cochon comme les autres, pas très à l'aise avec la nuit.

Il marcha, marcha, et il arriva en vue du carrefour. Il y avait de la lumière, par là-bas. Une forte lumière. Le cochon reconnut bientôt l'enseigne d'un garage. La vache n'avait pas été si mal renseignée par l'hirondelle, au fond. Le cochon

MEGA
SUPER MFGA
MEGA
1.50
1.32
1.71
1.43
0.70
3.40
5.60

MEGA

s'approcha du garage, cependant que la lumière de l'enseigne et d'autres encore, au-dessus des pompes à essence ainsi qu'à l'intérieur de la boutique, où se tenait la caisse, arrachaient à la nuit toute une station-service, absolument déserte à cette heure, et où le cochon espéra très fort qu'on pourrait le dépanner.

Il savait, en effet, ce que les hirondelles pour leur part ignoraient sans doute, que toutes les stations-service ne s'occupent pas forcément de dépannages.

Certaines ne vendent que de l'essence.

Elles peuvent aussi vous vérifier la pression des pneus, bon.

Et d'ailleurs, pour être dépanné, il eût déjà fallu que le cochon trouvât quelqu'un, dans cette station-service.

Or il ne voyait personne.

Courageusement, il contourna les pompes et entra dans la boutique.

Je dis courageusement parce que le cochon, aussi sûrement qu'il avait peur du noir, avait peur de la lumière au beau milieu de la nuit.

Surtout quand, dans cet endroit éclairé au beau milieu de la nuit, il n'y a personne.

Il poussa la porte de la boutique.

Un tintement se fit entendre.

Toujours personne.

Le cochon parcourut du regard les divers bidons d'huile, sur les rayonnages, non qu'il s'intéressât aux marques d'huile, et il observa aussi les boissons dans leur armoire réfrigérante et les barres chocolatées devant la caisse, non qu'il eût soif ou qu'il eût envie de sucré. C'était simplement qu'il cherchait à oublier sa peur.

Au moment où, toujours afin de se distraire, il empoignait une barre de céréales pour en vérifier la date de péremption, il se produisit un grand bruit.

Une sorte d'avalanche.

Le cochon tenta de se calmer : il reconnut bientôt le bruit caractéristique d'une chasse d'eau.

Peu après, un gros homme sortit des toilettes.

Il portait une casquette.

Une casquette de pompiste.

Il avait de grosses joues.

Le cochon souffla.

– Bonjour, dit-il. Ou plutôt bonsoir.

– Tiens ! fit le pompiste, qui apparemment ne l'avait pas remarqué jusqu'alors. Un cochon ! Par ma barbe !

Il ne portait pas de barbe.

– Désolé, dit timidement le cochon. Vous n'avez pas trop l'habitude de voir des cochons par chez vous, c'est ça ? Surtout à une heure pareille, j'imagine.

– Du tout, du tout ! fit le pompiste d'un air bonnasse. J'en vois, des cochons, j'en vois ! D'ailleurs, on voit de tout, par ici ! L'autre jour, j'ai même vu passer, au volant d'un poids lourd, un lapin qui s'endormait en se chantant une berceuse. Alors, vous savez !

– Bon, approuva le cochon, vous me rassurez. J'aurais besoin d'un petit service, en fait.

– Je vous écoute, dit le pompiste.

– Je suis en panne, expliqua le cochon. À trois kilomètres d'ici.

– Quel genre de panne ?

– Il s'agit de l'embrayage.

– Pas de problème, fit le pompiste. Je prends mon sac à outils, et on y va !

– Déjà ? demanda le cochon.

– Comment ça, « déjà » ? rétorqua le pompiste. Vous n'êtes pas pressé que je vous dépanne ?

– Si, fit le cochon, si, bien sûr. Mais vous n'avez pas de dépanneuse ? Ma voiture est à trois kilomètres, quand même.

– La marche à pied ne me fait pas peur, affirma le pompiste. Et de toute façon, en effet, je n'ai pas de dépanneuse. Plus exactement, j'en ai une, mais elle est en panne. Une grosse panne, même. J'en ai pour une semaine de travail. C'est déjà pas mal que je vous rende service, non ?

– Évidemment, concéda le cochon. C'est normal, d'ailleurs, pour une station-service.

– Pour une station-service qui dépanne, oui, précisa le pompiste. Enfin, vous avez de la chance, nous sommes justement une station-service qui dépanne. On y va, cette fois ?

– Heu… oui, fit le cochon.

Le pompiste passa derrière le comptoir, en revint avec son sac à outils dont il passa la bandoulière sur l'épaule. Tous deux sortirent de la boutique.

Ils dépassèrent les pompes à essence et, bientôt, ce fut le bord de route, loin des lumières de la station, dans la nuit

noire de la campagne. Le cochon marchait près du pompiste, dont le pas résonnait plus haut que le sien, de sorte qu'il entendait à peine le claquement de ses sabots sur le bitume.

– Je m'entends à peine marcher à côté de vous, dit le cochon, c'est drôle.

– Ça vous gêne ? demanda le pompiste.

– Heu... non, fit le cochon. Pas vraiment.

– Si, si, rétorqua le pompiste. Je crois bien que ça vous gêne. Je vais retirer mes chaussures.

– Ce n'est vraiment pas la peine, dit le cochon.

– Si, si, c'est la peine, insista le pompiste. J'aime que mes clients soient satisfaits en toute chose.

Et il s'arrêta pour retirer ses chaussures.

– Je les laisse au bord de la route, dit-il. Je les récupérerai au retour.

Et tous deux reprirent leur chemin. Le cochon, maintenant, entendait résonner ses sabots sur le bitume. Cette fois, il s'inquiéta un peu parce qu'il n'entendait plus du tout le pas du pompiste. Il dut même jeter un coup d'œil de biais pour vérifier s'il marchait bien toujours à ses côtés.

Le pompiste marchait bien toujours à ses côtés. En levant le nez, le cochon reconnut même ses grosses joues et sa casquette. Il se sentit rassuré. Comme ils continuaient à cheminer de conserve, le pompiste déclara :

– Il fait chaud, à marcher sur cette route. Vous ne trouvez pas ?

– Heu, fit le cochon, je ne sais pas. Je n'ai pas très chaud, moi. Enfin, il me semble.

– En tout cas, moi, dit le pompiste, je retire ma chemise.

Et il s'arrêta pour retirer sa chemise. Le cochon n'osa pas, cette fois, lui dire que ce n'était pas la peine : c'est qu'il n'est pas interdit, de par le monde, à un pompiste de retirer sa chemise, surtout sur une route de campagne, la nuit, quand le pompiste a chaud.

Ils avaient repris leur marche depuis une bonne demi-heure, déjà, sans avoir échangé la moindre parole, quand le pompiste déclara :

– Je crois que j'aperçois votre voiture, là-bas, sur le bas-côté. C'est bien elle ?

Le cochon plissa les yeux, mit sa main en visière.

– Je ne vois rien, dit-il.

– Ce n'est pas un problème, dit le pompiste.

– Rien n'est jamais un problème, pour vous, observa le cochon. Je suis peut-être en train de devenir myope, si ça se trouve.

– Mais non, mais non, voulut le rassurer le pompiste. Les cochons ne voient pas très bien la nuit, c'est tout. Ou peut-être y voyez-vous un tout petit peu moins qu'un cochon ordinaire, ajouta-t-il. Pour conduire, bien sûr, je vous concède que c'est embêtant. Vous êtes prudent, j'espère, au volant.

– Eh bien, fit le cochon, qui n'aimait pas mentir, je suis assez prudent, dans l'ensemble. J'aime bien la vitesse, c'est vrai, mais je...

– Il ne faut pas conduire trop vite, le coupa le pompiste, c'est d'accord ?

Il avait parlé d'une voix sévère.

– C'est d'accord, dit le cochon.

Et ils continuèrent de marcher en silence jusqu'à atteindre, comme le pompiste l'avait prévu, la voiture du cochon.

– Vous pouvez ouvrir le capot? demanda le pompiste.

Le cochon ouvrit la portière conducteur. Il s'assit au volant et tira sur une manette qui déverrouilla le capot.

– Démarrez le moteur! lui cria le pompiste, qui était resté devant le capot et qui venait de l'ouvrir en grand.

Le cochon, d'où il était, ne voyait plus face à lui que son capot dressé, derrière lequel le pompiste était invisible. Autour de la voiture, la nuit était complète.

Il démarra le moteur. Son ronronnement, immédiatement, remplaça le silence. Le cochon se sentit rassuré. Un peu, seulement. Il n'aimait pas trop ne pas voir le pompiste, derrière le capot.

– Accélérez ! entendit-il. Sans passer de vitesse, hein ! C'est pour vérifier votre régime.

– Pardon ? demanda le cochon, qui n'avait pas bien entendu à cause du moteur.

– Je veux écouter le régime du moteur ! cria le pompiste. Accélérez sans enclencher de vitesse, je suis derrière, moi !

– Vous voulez dire devant ? demanda le cochon, qui avait bien entendu, cette fois.

– Oui ! cria le pompiste. Devant la voiture ou derrière le capot, qu'importe, je suis là et bien là ! Ce serait

quand même bête que vous m'écrasiez alors qu'on est si près du but !

– Vous voulez dire que vous allez réparer bientôt ? demanda le cochon.

– Bientôt, oui ! cria le pompiste. Très bientôt, même !

Le cochon accéléra. Le moteur vrombit, et ce vrombissement, plus encore que le ronronnement qui l'avait précédé, le rassura en envahissant le silence. Mais cela ne dura guère.

– Stop ! entendit le cochon.

Il leva le pied de l'accélérateur.

– Coupez le contact !

Le cochon coupa le contact.

Silence total.

Le cochon, de nouveau, ne se sentit pas trop rassuré. D'autant que c'était lui qui avait coupé le contact. C'était lui qui avait installé le silence. Comme s'il s'y était enfermé lui-même. Et ce silence durait. La nuit semblait même plus noire. Le pompiste ne lui parlait plus. Ne lui demandait plus rien.

– Vous êtes toujours là ? demanda le cochon.

– Oui, bien sûr, fit tardivement la voix du pompiste, un peu étouffée. J'arrive, j'arrive ! Je veux dire, venez voir, je vais vous montrer !

– Heu, fit le cochon, d'accord.

Et il sortit de la voiture. Il s'efforçait, en la contournant vers le capot, de ne penser qu'à une chose : ma voiture va être réparée. Je vais pouvoir reprendre le volant et conduire aussi vite que je le veux ! Le plus vite possible !

Mais, en réalité, il pensait aussi à autre chose.

Il contourna le capot. Le pompiste avait encore le nez dans le moteur. Son sac à outils était posé par terre, sur le bitume de la chaussée, à demi ouvert. Le cochon s'arrêta un peu à distance.

– Je suis là, dit-il.

– Moi aussi, dit le pompiste.

Et il se redressa et se retourna vers lui. Et, comme tous deux se trouvaient face à face, le cochon vit pour la pre-

mière fois ce qu'il n'avait pu voir quand il marchait à ses côtés, ne lui jetant que de brefs coups d'œil : le pompiste sans sa chemise ni ses chaussures.

Or le pompiste avait des poils très noirs sur la poitrine. Il avait également des poils très noirs sur les pieds. Et, comme il retirait sa casquette, le cochon vit aussi qu'il avait des poils très noirs sur les oreilles. Et que ses oreilles étaient dressées. Puis, comme d'une seule main, en une fraction de seconde, le pompiste arrachait la peau de son visage, le cochon vit que c'était un loup, un loup aux crocs luisant dans l'obscurité de la campagne, et qui n'y connaissait rien en mécanique.

Alors, le cochon se répéta la chose suivante : « Ce loup n'y connaît rien en mécanique, il est nul, ce n'est certainement pas lui qui réparera ma voiture », car il avait besoin de se donner du courage. Cependant, le loup fondait sur lui.

Le cochon courut de toutes ses forces le long de la route et, à la pensée qu'il s'éloignait de sa voiture, il éprouvait une tristesse qui lui faisait oublier sa peur, et cette tristesse était aussi une rage qui lui donnait de la force.

Il courait très vite, mais le loup courait très vite aussi, car ce n'était plus du tout un gros pompiste, c'était un loup agile, bien décidé à se nourrir, et qui se fichait bien de ne rien y connaître en mécanique, dès l'instant qu'il avait un bon petit cochon bien gras à se mettre sous la dent.

Le cochon s'étonna, pourtant, en se retournant – il en va souvent ainsi lorsqu'on fuit un danger, on se retourne alors que ça nous retarde, mais c'est plus fort que nous –, le cochon s'étonna donc, en se retournant, de constater que le loup avait emporté avec lui son sac à outils, qui ne pouvait manquer de l'alourdir dans sa course. Le loup courait bien vite quand même, malgré son sac, plus vite que le cochon, il se rapprochait dangereusement, et le cochon désespéra de pouvoir lui échapper. Il pensa aux vaches, qu'il eût voulu appeler à l'aide. Mais les vaches n'étaient plus là, il passa en courant devant leur pré vide.

« Tant pis, se dit le cochon. Je n'en peux plus. Je n'ai plus de force. Qu'il me mange, ce loup, et qu'on en finisse. Au moins, puisque je dois mourir, lui ferai-je dignement face. »

Et il s'arrêta de courir. Il se tourna face au loup, qui était en train de le rejoindre et qui ralentissait sa course. Car le loup n'avait plus besoin de courir. Il savait le cochon fatigué, à bout de souffle. En un seul petit bond, il fut sur lui.

Le cochon fit lui aussi un bond. Un petit bond. C'étaient les dernières forces qui lui restaient.

Mais il s'agissait d'un petit bond de côté. Le loup le rata. Le cochon le contourna et, pris d'une inspiration, pendant que le loup se demandait où il était passé dans l'obscurité, il plongea une patte dans le sac à outils, escomptant en extraire un tournevis ou toute autre arme qui lui eût permis de se défendre.

À l'intérieur du sac, il ne sentit aucun tournevis, ni aucun marteau, ni rien de ce genre. Il sentit une fourchette. Puis un couteau. Il y avait même une serviette et une bouteille d'eau minérale en plastique. Ce n'était pas un sac à outils, mais le sac de pique-nique du loup.

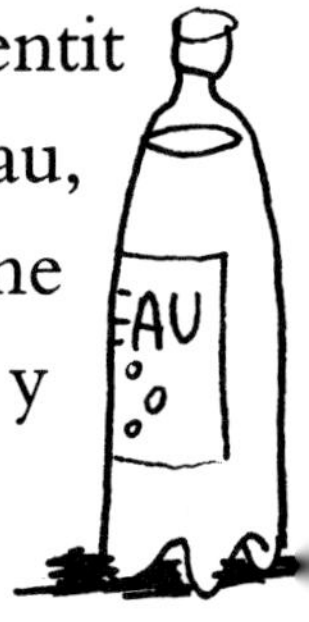

Le cochon, vivement, attrapa le couteau. Mais quelque chose lui dit qu'il ne devait rien laisser au loup de ce qui lui appartenait. Alors, tout aussi vivement, il saisit la fourchette, et même la serviette. Et même la bouteille d'eau minérale.

C'était idiot, en un sens, parce qu'il avait les deux mains prises, maintenant. Mais il était superstitieux : il avait vraiment peur de laisser quoi que ce soit au loup.

Ce fut au tour du loup de faire face au cochon. Dans la nuit, celui-ci, tout en tournant autour du loup, avait pris le temps de nouer sa serviette autour de son cou à lui, le cochon, surtout pour s'en débarrasser, à vrai dire, de la serviette, et non pour se mettre à table, car les cochons, d'une part, ne mettent pas de serviette, et, d'autre part, même s'ils mangent de tout, ils n'iraient jamais

jusqu'à manger du loup. Pour des raisons psychologiques, ils ne le digéreraient pas.

Le cochon, la serviette autour du cou, tenait donc, brandis face au loup, telles deux armes de combat, le couteau dans une main et dans l'autre la fourchette. Et, comme il n'avait su que faire de la bouteille d'eau minérale, il l'avait posée au sol, entre lui et le loup qui lui faisait face. Comme s'il avait laissé au loup, en somme, une chance d'attraper avant lui la bouteille d'eau minérale.

C'était risqué. Il était peu probable, en effet, que le loup voulût, avant d'attraper le cochon, attraper la bouteille d'eau minérale. Le loup n'avait pas forcément très soif. En revanche, il avait l'air d'avoir très faim. Débarrassée de son masque de pompiste, sa gueule, noire sur le noir de la nuit, restait peu visible, mais ses crocs, eux, luisaient terriblement, où l'on voyait briller aussi, comme de minuscules perles, des gouttes de salive qui ne pouvaient tromper sur son appétit.

Le loup, malgré tous les espoirs du cochon, ignora la bouteille d'eau minérale. De nouveau, il fondit sur le cochon. Celui-ci, tremblant, quoique avec courage, l'attendit, fourchette et couteau fermement tenus en main, prêt à éventrer le loup s'il le fallait. S'il le pouvait, surtout. Mais il ne le put pas. D'une pichenette, le loup fit voler les couverts. Et, comme il allait mordre le cochon à pleines dents, un puissant vrombissement s'éleva dans le silence de la campagne.

Le cochon reconnut immédiatement le moteur de sa voiture. Puis les phares de sa voiture, qui se rapprochait à grande vitesse. En vérité, c'était sa voiture qui, maintenant, fondait sur eux. Le cochon eut le temps, avant de se jeter dans le fossé pour éviter d'être écrasé, de voir qu'une vache était au volant, flanquée d'un cheval installé sur le siège passager.

Le loup, lui, n'eut pas le temps de réagir. La voiture le percuta, et il fut projeté en l'air. Quand il retomba, il était mort. La vache stoppa le véhicule à la hauteur du cochon. Elle en sortit en claquant la portière.

– Ça va ? demanda-t-elle au cochon.

– Ça va, fit le cochon. Plus de peur que de mal. Mais depuis quand savez-vous conduire ?

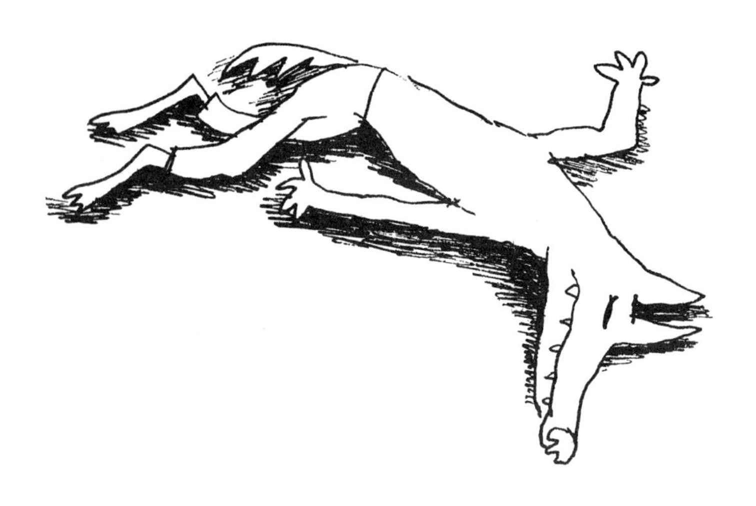

C'était la vache avec laquelle il avait discuté au bord du pré.

– Je ne sais pas conduire, lui répondit la vache. J'ai juste essayé.

– Eh bien, bravo ! s'exclama le cochon. Et merci pour tout.

Cependant, le cheval sortait de la voiture.

– Je vois que tout s'est arrangé, dit-elle.

– C'est un ami, expliqua la vache. Il ne sait pas conduire, mais il connaît un peu la mécanique.

– Un cheval qui connaît la mécanique ? s'étonna le cochon. Mais comment ça ?

– Je m'échappe parfois du pré, expliqua le cheval. Jusqu'à la station-service. Je suis devenu copain avec le pompiste.

– Tu veux dire le loup, je suppose, fit le cochon.

– Non, je veux dire le pompiste, répondit le cheval. D'ailleurs, passe-moi ton couteau, s'il te plaît.

Le cochon tendit le couteau du loup au cheval. Il n'avait pas de raison d'avoir peur de lui. Le cheval prit le couteau et se dirigea vers le cadavre du loup, qui gisait à quelques dizaines de mètres. Il se pencha sur lui et lui ouvrit le ventre dans le sens de la longueur.

– Quoi ? Qu'est-ce qui se passe ? fit un pompiste qui sortait du ventre du loup, sans sa casquette, toutefois, et assez recouvert de bave ou de quelque chose qui ressemblait à de la bave.

– Vous vous en tirez bien pour cette fois, lui dit le cheval. Le loup n'avait pas encore digéré. Mais essayez de faire attention à l'avenir.

– Je vous dois une fière chandelle, en tout cas, remercia le pompiste en tapotant la visière de sa casquette, qui était un peu tordue. Mais qu'est-ce que fait ce cochon ici, en peine nuit, au bord de la route ?

– J'étais en panne, intervint le cochon.

– Je vais m'occuper de votre voiture, proposa le pompiste.

– C'est fait, expliqua le cheval.

– Ah ! fit le pompiste, tout étourdi encore, qui se souvenait seulement maintenant d'avoir formé ce cheval à la mécanique à ses heures perdues. Alors je suis content que votre voiture

soit réparée, ajouta-t-il à l'intention du cochon. Je vous souhaite une bonne route.

– Merci, fit le cochon.

Et, comme il ne savait trop quoi ajouter, parce qu'il pensait un peu à autre chose, il remercia encore chaudement la vache et le cheval, puis il se remit au volant et démarra. Et il rentra chez lui, mais moins vite, cette fois, en se jurant de ne plus jamais tomber en panne.

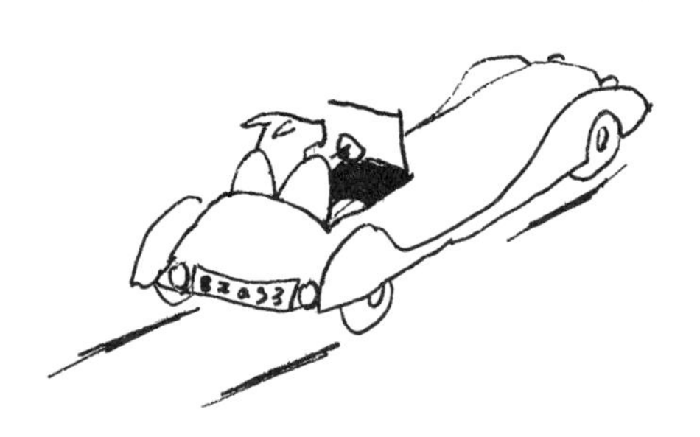